알
코
올
테
라
피
스
트

알코올 테라피스트

지은이 김성윤

이서원

술은 춘화추동春花秋動
술의 덕德은 봄향기 같아
메마르고 지친 몸에
화사한 꽃으로 피어나고
토실토실 풍성한 열매되어
넉넉한 삶의 생동력을 준다

김 성 윤

1부

주객 알코올 연서

술은 삶도 요리한다

그
리
움
으
로

핀

꽃

수줍은 듯
살포시 핀 미소꽃
당신의 입술酒
내 안의 향기 되어
그리움으로 피어나니
한 잔 술에 웃는 모습
신선되었네

어
릴 적 솜 씨

태초에 물이 있으라 하였으니
그것이 곧 술이 되었도다

남자의 갈비뼈를 취하여
여자를 만들었으니
밤이 되고 아침이 되니
아기가 나왔도다

젖병을 빨던 아가야는
폭풍 성장하였으니
어릴 적 솜씨로
술병을 빨고 있도다

주
님

은

혜

로

주酒님 품에는 사랑과 그리움

눈물과 위로가 있다

술은 영혼의 자유를 허락하고

삶의 희망과 용기를 선물한다

물
과

불
,

수
불

요리는 불 맛
인생은 술 맛

술은 삶을 요리한다

어떤 삶인가
술 맛도 가지가지

나火와 너水의 교감으로 구성하고
차이점으로 작품酒된다

불타는 목 넘김

타는 듯
그 뜨거운 목 넘김에
꽁꽁 얼어버린 차가운 뱃길을
녹이는 배꼽 메아리 울림

칼칼한 자극에
목 터널은 부르르 떨리고
첫 잔 판타지는 배꼽 화산 폭발
불꽃쇼 였다

입
안
의
불
꽃

첫 잔은
판타스틱하고 엘레강스하게
장렬한 불꽃공연으로 시작되었다

깊은 그 곳에서는
뜨거움과 짜릿함으로
환상의 세계를 열어주었다

몸부림과 괴성 없이는
넘길 수가 없는 한 잔이었다

호
프

세상은 술이 있어서 즐겁고
삶은 술잔에 담겨서 아름답다

잔은 비울수록 여유롭고
채워질 때 까칠하다

난, 당신이 누군지 알 수 있다
그 거친 호흡이 느껴진다

당신은 기울어졌을 때 멋지다

거품의 질투

타오르 듯
이글거리며
피어나는 생명의 꽃
하얀 거품 사랑과 질투가
아프로디테를 탄생시켰다

욕망의 꽃
비너스의 아름다움
사랑의 유혹으로
참을 수 없어 넘쳐나는 거품에
빠져들게 한다

거품 속 황금 빛 속살이 이쁘다

맑
은

청
주

얇은 저고리

스르르 어깨 밑으로

맑은 속살을 드러내니

들켜버린 미소는

님의 체취를 탐한다

빨간 루머

바람이 만져주고
햇빛이 안아주며
별들이 속삭임에
디오니소스의 사랑으로
포도주 되었다

세월 뒤 숨어 속삭이듯
빠알간 빛감으로 익어간다

주
말
酒
末

술이 계산을 속일지라도
슬퍼하거나 노여워 말라
술고픈 날을 참고 견디면
머지않아 만취하는 날이 오리니

현재는 언제나 술프고 마려운 것
안주는 다른 상에 있는 것
모든 곳은 술시를 지나고

지나간 곳은
그리워지는 술이니…

색
너
머
빛

봄, 푸른 정기
여름, 노랑 열기
가을, 빨강 혈기
겨울, 백색 심기
그 중심 밤, 흑색 신기

적색 파장, 옆으로 크고
청색 파장, 위로 성장한다
진정한 성장은 색 너머 빛에 있다

상상 그 너머

하늘 구름 비틀어 술잔에 담고
바다 접시 신선 안주 가득하니
산 멧부리 어깨춤에 대竹숲 거문고라

하늘의 뜻으로 만들어진 술
눈, 코, 입으로 알려 하지 마라

만지는 촉감의 선율 보다
감각 오감의 전율 너머
영각靈覺으로 느껴라

빈 잔 도 그 림

삶에는 평수가 있고
술에는 도수가 있고
잔에는 꼼수가 있다

술을 물처럼 마시는 자는
술 값을 물값으로 계산하려 든다

빈 술잔에도
남의 봄 풍경된다

술병의 비밀

그 병에는 숨겨진 비밀이 있다

마시고 울고
들고 싸우고
내다 팔고…

다시 만날 땐 딴청 한다
오늘, 한 잔 할까?

술의 품격

와인은 형식이고
소주는 내용이다

소주는 병값이고
맥주는 물값이다

맥주는 거품이고
와인은 향기이다

알
코
올 러
빙
유

산모가 입덧하듯 취몽 심한 몸부림에
혹여 마음상처 상실감일랑 잊고

뜨거운 사랑의 전율로 시작하여
잠들지 못하는 영혼의 메타포를
알코올 러브라 하는가

나의 진심 모르고 그대 진정 아니거든
어여 가셔도 되느니…

피
어
난

술
향

시각을 멈춰 세우고
청각이 그들의 속삭임을 듣고
촉각은 탐스런 피부를 안아주고
후각에 스미는 주향이
미각의 침샘에 꿀꺽 넘어간다

어둠에 감싸이 듯…
스며드는 술향이 익어간다
참 잘 익었다

7시에는 님 소식 오려나…

술은 느낌

새소리 듣고
휘파람을 불며 노래를 만들고

꽃를 보며
시를 쓰고 감동하며

잔을 들어
감사하며 행복을 건배한다

하늘 메시지는 술에 있네
술은 취함이 아니라 느낌이다

오케스트라 연주

방울방울 터지는
오케스트라 연주
가슴에 스며들고
짙은 술향기는
온 세상을 날아간다

술 항아리 속삭임에는
사랑과 질투가 익어 간다

익어가는 술 향기

당신이 내게 오실 때
설레임인 것처럼
우유빛 막걸리 한 잔에
하염없이 그립구나

당신이 내게 오실 때
눈 나리는 하얀 날
가슴을 달래주는 한 잔으로
추억 속 그리운 날이네

당신이 내게 오실 때
매화향 봄소식 오는 날
온돌방 이불 속 항아리에
익어가는 행복이구려

누룩선생의 주례

비오면 피고 바람불면 지는
피고 지고 여린 춘심春心
세상천지 홀로 된 것이 어디 있으랴

술 항아리 속 싱싱한 숨소리
풍물놀이 외줄타기 하늘 위 날아 오르듯
웃음짓는 잔치 준비 요란하다

꽃피면 노래하고 벗 함께 널뛰고
연지곤지 시집 갈 여심旅心
어루고 달래는 국麴선생 만나 어여삐 성숙하네

春心: 봄기운, 麴: 누룩

잔 속의 시름

나무는 나이테, 인생은 주름테
고작 몇 주름 나이테로 백 년도 못사는 인생

나오느니 한 숨이요, 나리느니 눈물이라
손안의 술잔, 그 안에 세상 시름 다 들어 있구나

세월을 알아버린 술은 남자의 눈물이로다

신身의 눈물

삶에 멍든 가슴
갈증으로 목 마르니

잿빛 하늘 거름망에
걸러진 맑아간 물방울

삭고 삭혀진 가슴 누룩에
깊은 항아리 속 울부짖는 소리

어루고 달래고
엄니 젖꼭지에 나오는 우윳빛

가슴으로 빚은 술은
신身을 감동시킨다

내일의 태양

첫 잔에는 가볍게 한 잔
두 잔   주머니 계산을
세 잔   애들 걱정이
네 잔   내일 업무가
다섯 잔   딱 한잔 만
여섯 잔   막차 시간을
일곱 잔   안주 남았는데…
여덜 잔   벌써 가려고
아홉 잔   여기 어디냐

주酒께서 모든 일을 잊게 하셨으니
나만 잊으면 세상 일은
내일의 태양이 뜬다

술
酒
의
뜻

술이 말한다 따르라
잔 소리한다 부으라

술이 병에서 잔으로
잔에서 몸으로 옮겨간다

나는 몸인가 술병인가 술잔인가
진정 술酒의 뜻意을 알지 못하네

하늘의

이치

투명하다는 것은 얇다는 것이고
깊다는 것은 넓다는 것이다
많다는 것은 양이 적음이요
적다는 것은 욕심이 큼이다

굵고 긴 청춘 없고 가늘고 짧은 인생도 없다
인생을 말하려면 그리움을 알아야 하고
하늘의 마음을 알려면 술의 이치를 깨닫고
처음부터 선한 마음으로 마시지 아니하면
온갖 마심魔心에 빠져들게 된다

술은 잔으로 요리한다

얕으면 날카롭고
두터우면 여유로우니

청주는 부드럽고
소주는 칼칼하다네

가녀린 술 무거운 잔
애달픈 수고 가벼운 잔이라니

양복 고무신 한복 하이힐
풍류선생 상견례 노하신다

도수의 풍악
청주 놋잔 소주 막잔이라네

태극

술의 성분은 물이요, 속성은 불이다
물은 상相이요, 불은 체體이다
물은 음이요, 불은 양이다
세상 천지가 하나되고 음양의 조화를 이룬 것은
오직 술 뿐이다

술은 국악이다

작사, 작곡하여 가락을 만들 듯
누룩과 곡식으로 술을 만들고

자기만의 해석으로 연주를 하고
술에 맞는 안주와 분위기로 연출하고

각자의 감성으로 느끼 듯
향과 도수을 통해 기분 전환한다

2부

술잔은 알코올 드레스

술은 잔으로 디자인한다

술
잔

누군가의 숨결이 묻어있는
네 입술의 순결함을
믿을 수 없어
내 손을 움켜쥔다

짜릿한 그 맛
지독한 입맞춤은 감미로워
네 입술을 보챈다

어둠이 짙어갈수록
반복된 입맞춤에 몸도 익어간다

오늘도
너의 발칙함에 미소 짓는다

그
려

보
면

잔

존재는 점
사연은 선
삶은 공간

우연은 점
인연은 선
운명은 면

우연이 인연되고
인연이 운명이 될 때

그려 보면 술잔이다

님 품에 안기 듯

그리워서 드시게나
벗 삼아 좋은 날 드시게나
아니 마신 듯 드시게나

그립다 하니 더 그리워
둥근 님 품에 안기 듯 살포시
한 잔 가득 채우시게나

빈 잔 보며 다시 마실
반가움과 설렘에
이를 어이하리오

아직 날은 많고 많으나
이내 술잔 마를까
걱정 또한 태산이건만
어찌 세월만 섧다 하리까

가
버
린

꿈

가녀린 다리 능선
마알간 청주 한 잔
흘러가는 구름 담아두고
가는 길 재촉하나 서두른다 하여도
가버린 꿈, 달님 위로 받고
다른 세월 낚아 보려니
못하다 한 정 남고
아쉬운 꿈 두고
후회하는 인생살이
미련만이 울고 있네
잔 놓으면 세상 여유로울까

꿈을 이루다

하늘이 우는 날

가슴 속 술 향기 날개 되어 봉황으로 변하고

뜻을 품던 이무기 술 맛을 보니

용이 되어 승천하도다

여운의 떨림

술잔에 나리는
울림과 번짐은
손 안, 여운의 떨림으로
나를 조롱하는구나

이내, 취하지 못함을…

답답한 내 모습

허접한 목마름
다투는 언쟁에도
손 타지 않은 안주 보는
답답한 내 모습도

멀리 봄 그림이다

낙원은 주점뿐

봄 소식 산새 지저귀니
숨겨 둔 그리움 피어 나고

꽃 향기 가슴으로 스미 듯
술은 입으로 빠져든다

우리가 죽기 전에
알게 될 낙원은 주점뿐이련가

잔 들어 입에 대고
님 그리며 미소 짓는다

술솜씨

한 잔 술에 단어를 세우고

한 병 술에 어휘를 춤추게 하고

한 말 술에 문장의 미로를 풀어준다

한 잔은 이백 월하독작 위하여

한 잔은 정철 장진주사 위하여

한 잔은 알코올 테라피 위하여

애타는 눈빛

부어도 따루어도
비워진 그대 빈 속을 어찌하나
내 작은 속은 메말라 드릴 수 없으니
그대 보는 애타는 눈빛이여
예서 끝이 아니오니 어서 어서
가득 담긴 큰 님께로 가보소
그대 메마른 시름 어찌 알겠는가

애끓는 사연

친구도 몰라주는
애끓는 내 마음을 어찌하노
마주하는 술잔이 기분 알아주나
그리움에 애타는 눈물이여
예서 기다리지 말고 어서 어서
꽃향기 이쁜 님께로 가보소
그대 애끓는 사연 어찌 전하리오

비밀회담

술은 자유
잔은 구속

잔을 구속하면 술은 의미없고
술의 뜻은 잔에 있다

술의 이상은 자유를 꿈꾸는 물
속에 불을 품은 채
잔의 속박에 제물이 되어
당신에게 바쳐지고
술병과 술잔 사이는 미완의 혁명

술잔과 입술 사이
오가는 비밀 회담

여의주

알몸을 가리는 듯

구름 뒤로 숨어들어 얼굴만 내어 밀고

투박한 입술이 술 맛에 이끌리어

혓끝은 얇어져만 간다

어느 새

취하여 내 손 위에 올라앉느뇨

고
독
의

숙
성

누군가에겐

사랑의 선택으로

행복할 수 있지만

설익은 사랑으로

구속되면

혼술은 아픔으로 익어간다

술잔 속 내 모습

술잔 속 내 모습은
웃고 있다
아직 남아있는 반 병을 보았기에

술잔 속에 얼룩진 내 모습은
울고 있다
멍든 가슴에 빈 잔이 생각났기에

술잔 속 출렁이는 내 모습은
슬프다
슬픈 생각 잊고 또 마시기에

버
릴

수

없

는

너

냄새난다 향수뿌리고
문제라고 다툰다면 어리도다

닫혀 있는 마음 주파수 맞추기 어렵고
틀린 번호 폰 연결 안된다
진심 없는 위로가 아픔임 알았을 때
상처 받은 너를 안아 줄 수 있다

술잔은 소통 이어폰이다

내 안의 그녀

마르지 않는 술잔 있고
이백 사랑 달님도 함께 있으니
세상 천지 다 보아서 무엇할꼬

내 안의 그녀
이태백 노래하던 명월 닮았는가
장승업 취화선 붓도 떨고 있구나

둥근 잔

둥근달은 술잔이요

작은 점도 둥글이라

커져 가는 작은 점

둥근달이 되어진다

마주보면 둥근 얼굴

잡아주니 미소짓네

오늘은 주일 酒日

하늘에는 주성酒星
땅 에는 주천酒泉

집에는 주병
손에는 주잔
입에는 주님

오늘은 주일

찾아 온 나비

흰 눈 속 자고 있던 산기슭 깨어나고

떠난 님 꽃梅花소식 새 노래春意 부르니

님 그리며 담아 둔 꽃술

향기따라 찾아 온 나비* 술잔에 내려 앉네

梅花: 매화, 春意: 봄소식

눈물잔

와인잔 들고
슬픈 척 하면
허세

눈물잔 들고
안주 보는 허기진 모습
남들은 부럽다 한다

은구슬

새벽 잎새 위 맑은 쇠똥구리알

견디다 무거움에 나려지면

욕심 집착 끊어지고

잔 속 번뇌는 기쁨의 감로주로구나

알코올 부족

속이 울렁하고 힘이 없다
과음인가

기분은 가라앉고 정신 없다
알코올 부족인가

사는 것이 싱겁다
중독인가

깨
달
음

너무 싫어하고
너무 좋아라 해도
사람 위 생명으로 존재함은
나에게는 서운함이다
나도 반려동물인 것을…

깨달음은 술잔 너머에 있다

그
리
움

한 잔

들고

보니

반 잔

아직

망설이 나

빈
향
기

넓게 보면 무엇이요
편히 보면 무엇하리

보이는 듯 하나
아니 보이는 건
미련 때문인가

먼 산은 볼 것 없고
잔치에는 먹을 것 없다
가신 님은 올 수 없고
빈 잔에는 향기 없네

홀로서기

매화 향기에 산마루 눈 녹고

풍년에 추수하여 술 항아리 가득하나

술 두고 잔 없으니

긴 겨울 밤 어이하리

불통 물통 소통

몸이 기침하면 마음은 감기 걸리고
마음이 흔들리면 몸은 무너져 내린다

어리석은 자는 몸으로 슬픔을 말하고
진정 아픔은 마음으로 울어 소리없다

내 몸을 불 지르면 기억까지 태워 버리고
내 안에 물을 넣으면 피부도 촉촉해진다

술을 불로 마시면 망가지고
술을 물로 대하면 소통한다

물과 불은 섬기는 마음으로 받지 아니하면
홍수와 화재를 피할 수 없게 된다

3부

청춘 주소록

靑春 酒笑錄

그리움 연체 중

약속 외상 환영

추억 로딩 중

사랑 리필 안됨

비법이라
비밀인가

비밀이라
비법인가

지갑은 비밀이고, 지폐는 비법이다

술법이라
수법인가

수법이라
술법인가

제비 수법technic, 꽃뱀 술법magic

술관
개관

상관
딴판

상처 남고

실수는 후회로 남고

노력은 미련이 남다

기록 남긴다

익으면 술

익히면 초

잘 되는 것들은 뭘해도 된다

맛있다
간맞다

최고다
사이다

청춘은 싱겁다

그리워서 취하고…
취하면 그리워진다

갑자기 그녀가 보고싶다
헤어진 그녀가 아픈건가

그리움이란?
그리운 사람과 닮은 사람을 찾는 것

DNA란?
싫었던 아버지 술주정과 닮아 있는 것

불끈
발끈

화끈
끈끈

수작
공작

합작
창작

틈만 보이면…

간밤
야밤

날밤
생밤

밀담
밀당

밀회
밀실

틈만 있으면

불행은 불만에서 오고
불운은 불통으로 온다

불행보다 무서운 건 불만이다
죽음보다 두려운 건 현실이다

청춘은 성장통이다

세상 최고의 궁합이라고
나 밖에 없다고
나 아니면 안된다고
좋아라 할땐 언제고
지금 어디있나

마음의 열쇠는 사랑뿐이다

꽃술
뽕술

입술
뽕술

사랑할 때

심술
꽁술

약술
마술

이별일 때

나만 보여?
너만 보여!

오늘 불금이네

내 사랑 버퍼링
내 그녀 부재중

오늘 불밤이네

아들능력
엄마품빽

여자미모
화장품빽

그녀 빽은 위대하다

봄춘
회춘

입춘
청춘

꽃 청춘 짧다

노력 보다 방향
결론 보다 질문

사랑 노력은 다르지만 방향은 사랑이요
남자는 결론 자판기, 여자는 애정문제 출제 중

뱃살　　　한도 초과
다이어트　신용 불량

과식 후　　영업 정지
과음 후　　불법 대출

4부

연정 알코올테라피

사랑은 술의 인연이다

전
화
하
세
: 요

어쩌나요

이 놈의 간땡이 참새보다 작고
머리통은 방자놈 글 공부보다 못하고
인당수 빠진 심청이 구하기보다 다급한데
내 님 마음 고생 위로할 말
전할 수 없으니

빠르다는 5G가 무슨 소용인가
애고 답답 발만동동
뒤척 뒤척 잠못드네

애타는 목에도 술잔을 들지 못하네

줄리의 법칙

꿈은 행복을 방해한다
상상할 수 있는 상상으로
꿈에서 지금 나에게로 돌아오자

꿈 속보다
생생하게 상상하면 R=VD
이룰 수 있는 꿈이 진짜이다

혼술에는 술병도 친구된다
줄리의 법칙을 위하여 건배

꽃
청춘
허기

성급한 놈
뻥튀기 안주 느끼함에
쏘맥 입가심하니
허기진 배는 비웃는다

꽃 청춘은 짧고
꽃 할매 잔소리는 길다

마
주
앉
은
벗

늦은 아침 창가에 술잔 하나 있네

지난 밤 건배한 친구 어디 갔는가

요상 맹랑 기이하도다

어둑해진 창가에 잔 들고 앉으니

그 친구 잔 들고 마주하네

자, 건배

별
하
나
의

추
억

달빛 구름 너울
글자와 문장이 춤추고

상위 만 권 책
별 하나의 추억과 함께하니

달 밤에
잔 속 명월을 어찌 품으리오

꿈 보다
꿈만 같으니 사는 게 꿈이로구나

내 시름
비좁은 술잔에도 여여하구나

감추어 둔 연정

은빛으로 내려다보는 밤하늘
살짝이 들켜버린 연정

술잔 속 달빛 담아 잔 기우리니
둥근 달 내 안에 들어와 그리움 비추네

아니 본 듯 감추어주오
둘 만의 약속으로…

빈대떡 신사

비틀거리는 빈 술병
술잔에 비친 제 모습 바라본다
그 순간, 술잔이 빈 병의 눈치를 알아 본 듯

이미 비워져 버린 빈 병일 뿐인 것을…
우렁찬 목소리로 풍만한 출렁임을 자랑하는
꽉찬 새 술병 몸짓에 처량스럽다

서러운 빈 병의 몇 방울 남은 신세
빈대떡 신사 허전함이
나와 같구나

남자의 설움

말마다 불평이요 내쉬는 건 한숨이라

어허라, 이젠 내 집도 낯설구나

일마다 한잔이요 손안에 돈이었건만

이젠 면전面前에 일찍온다 야단스럽다

그 때 그 향기

내 사랑

어디메인가

심청이 인당수 삼백석에도

아직 눈은 깜깜인데

그대 향기 찾기 어려우니

세월이 섭하구나

재
회
春

부어 오른 눈망울
앙상한 그리움

님 소식 전해 들으니
연지 곤지 찍고
꽃 단장하네

오허라
반가움이 이러할까
한 잔 하자구나

벗 없는 잔

초라한 시골집 앞 산나물 캐다

작은 술상 봄 잔치 하건만

벗 없는 잔, 붓고 넘쳐나니

꽃 피고 지는 것을 춘홍春洪이라 하겠는가

메마른 술잔

눈으로 마주친 우연
몸으로 울었던 인연
마음에 간직한 사연

너와 나 만나
서로 말 할 수 없을 때
다시 마실 날, 그리움 남기니
빈 자리 싸늘한 바람
술잔 말리네

무엇하리

사랑이 술인지
술이 사랑인지
따져 무엇하리

내가 술인지
술이 나인지
물어 무엇하리

내가 너인지
네가 나인지
알아 무엇하리

서로 술잔에 담긴 것 좋아했는데
해우소 간다 나서서
안녕… 가네

아, 그 마음 잡아 무엇하리

술
항
아
리

술 있고 달 없으면 님 그리기 어렵고

달 있고 술 없으면 달빛 차가우니

밑술에 덧술하여 달항아리 품어 안고

꽃 피면 님과 함께 술잔 들고 달마중 가리

F분의 1 진동

음악은 보는 것에 리듬 그리고
듣는 즐거움 보는 것이 그림이다

하늘 빛이 닿는 곳까지 하늘이요
그림 그리는 사람까지 그림이다
내 속에 가득한 것이
보게하고 듣게하고 좋아하고
그리워하며 진동한다

내 가슴 감동 F분의 1 하모니

내용의 그릇

시각은 형식이고
미각은 내용이다

밥상은 형식이고
술상은 내용이다

술병은 형식이고
술잔은 내용이다

술잔은 형식이고
술맛은 내용이다

안주는 형식이고
취담은 내용이다

진실은 어디에 담을까

사
계
절 안
　　주

돈 있어도 시간 없으면 여행 갈 수 없고
술향기 좋아도 건강이 나쁘면 마실 수 없고
사계절 안주는 제철 아니면 맛이 없으니
봄철 매콤 주꾸미 볶음에 맥주 입맛나고
여름 장마 빈대떡 파전에 막걸리 얼쑤-
가을 전어 세꼬치 소주 좋고
겨울 과메기 미역에 폭탄주 맛난다

안주按酒라 하는 것은
술을 어루고 달래는 밀당 연인이다

안주: 술을 누르고 다스린다

한
잔
시
크
릿

한 잔 뒤 인심에는
안주가 넘쳐난다

한 잔 뒤 능력에는
2차 품격이 다르다

한 잔 뒤 사랑에는
가는 곳을 알 수 없다

술
다
리
미

취하니 세월 좋고
세상 넓다 하나
만취하니 천지가 좁다는 걸 알겠네

잔 속에 노니는 세상
세월 가는 줄 알아 무엇하리

원하건대 내 님 품에 안기어
세월 뒤 주름 없는 시간 마주 하리라

잇지 못하네

내 목숨 무엇하고
뜻 이룬들 허허하니
떠난님 걱정 애타는 심정
누가 본들 흉이될까

못잊어서 시름마음
허송세월 지나가니
붙잡아야 어리석고
미련인들 남으리오

꽃피고 열매맺어
추억속에 넣어두고
하늘약속 믿으리니
세월가면 잊어지겠는가

단 한번 오해

그녀와의 소통
콘텐츠가 아니라 프로세스
일어난 문제가 아니라
문제를 들어주며 나누는 것

보고 알 수 있을 만큼
듣고 느낄 수 있는 만큼
말하고 표현할 수 있는 만큼

천만번 고운 추억보다
단 한번의 오해로 단절된다

물이 불이 되는 날…

선악과 십자가

선악과
이브의 유혹 매달리다
사과로 술을 담고
나무로 잔을 깎아
달콤한 과주 건배
술 취한 그녀 꽃뱀으로 변했다
꽃뱀이 매달린 사과나무 십자가

갈등에서 갈증

인생사 거미줄
얽히고 설키고
실타래 엉키면

간다고 간다 손안이요
멀다고 하나 품안이네
비좁은 잔속 편안할까

내 속에 네가 있으니 갈 곳 없구나

마
시
지
못
하
네

보고픔에 물들여 놓고
설레임으로 숨죽여 놓고
그리움 뒤에 숨어 보고 싶다

말하지 못 하 네

못 다한 정 어찌하나
님은 품어야 하고
잔은 채워야 맛

어디 갔 는 가

홀로 남아 떠나지 못한다

가련한 세월

마시고 마신 술 다 어디갔나

남 술잔 넘 보는게 어제 내가 아니구나

얇아진 지갑에 몇 방울 떨어져도

얼굴 빛 창백하거늘 엎질러진 바닥 술

이 슬픔 어이 견딜까

구멍난 사연

그대 생각

내리는 눈물

술잔 구멍 나네

보고지고 안고지고

한 잔 두 잔 마시는 잔

달아지고 줄어지고

술 담을 공간 어디인가

봄
비

하얀 종이 내려 앉네
탁탁 똑똑 가슴 두드리고
멍든 연서 번져 가면
떠나갔던 님소식 오려나

마른 가슴 한 땀 한 땀
수 놓는 하늘 사연
봄바람 꽃소식
청산은 미소짓네

다시 오는 봄소식

금이야 옥이야
온갖 치장한 들

한옥 전통
반짝 빤짝 유리집 현대화도
화병 속 꽃밭이네

금옥도 허세로다
한옥, 유리집이 자유로울까
어디메 산들바람이 여여하다

이 산 저 산
둘러 보아도 아니 보이니
내 너를 잊지 않았건만

기다림에 목 말라버린
그대 찾기 어려우니
살며시 옛 모습 드러내주오

가버린 꽃청춘

바람에 할키고 햇빛에 쏘이고
달빛에 울부짖던 사연들
꽃잎 흩날리는 바람 비명 뒤에는
사랑의 하소연이 날린다

사랑만 받고 가버린 그 님
바라보는 눈빛에 멍든 시푸른 가슴으로
내년 다시 올 님을 기다리는
입으로 말하기 미안한 잎도 있다

꽃청춘 짧고 잎만으로는 세상구경 싱겁구나
꽃은 삶을 그리움이라 말한다

꿈
속
의
꿈

밤마다 꿈길에서 나를 만난다 하네

오늘은 만나 한잔 하세

천만 잔 마시고 취한들 어떠하리

벗이여, 굳이 꿈 깰 필요 있겠는가

청춘은 셀프

세뇌된 나
용서해버린 나
지구 밖의 나
버리지 못하는 나
이런 나를 기억 세포와 시냅스 연결
끊어서라도 변화를 시작한다
지식 + 지식 = 고집
지식 × 지혜 = 인생

자유로운 나를 위하여 삶의 셀프화
사람 ÷ 삶 = Self
삶 + 셀프 = 행복

내 인생의 다른 말은 청춘
청춘을 회복하는 제2막 삶은 셀프

5부

인생 취향록

인생은 술의 기록이다

젊어서 노세

세월 많다 여유만만하더니
어느새
반 백발 한 잔 술도 버겁구나

두었다 논다는 놈
다 어디 갔는지 보이지 않네
노세 노세 젊어서 노세

세월의 무상함에
지금이 황금처럼 귀하니
미루지 말고 한 잔 하세나

잔
속
깊
은　뜻

어항 속 자유로움은
술잔 속 깊은 뜻 알지 못하리

삶의 불감증에서 벗어나지 못하고
슬픔과 즐거움의 하모니로
멀티 오르가즘을 연주하지 못하는
Life style

내가 어리석어 그 속에 사네

상처 소독

비 오는 날 오후

낮 동안 받은 상처
빈대떡 파스 한 장과 막걸리 연고에
알코올 주사 맞으면

회복하려나…

숙
취

변
명

지난 밤
네가 한 일 알고 있다
흔들 흔들
휘청 휘청
비틀 비틀
아무리 용써도 몽환적인 유혹에는
뇌의 사막화를 막을 수 없다

용서하자, 그러나 잊지 말자
네가 무슨 잘못있는가

너는 너무 사랑스러운 것이 문제
사랑에도 숙취가 있다

주량 블랙박스

된장 고추 세 개
막걸리 2km

삼겹살 2인분
소주 3.5km

계란탕 추가
폭탄주 0.0km

왜… 이러시나 요

옷이나 벗고 주무세요

나 임자 있는 사람이에요
건들지 마세요… 으 음…

부엌에
시원한 해장국 드세요

내
취
함
을

모
르
게

하
라

긴 술병 앞에 두고
아픈 술잔
끌어안고

부어라 마셔라
빈 술병
늘어가는데

내 취한
비밀을 남들이
모르게 하라

생각 차이에서

누구에는 불행 있고
누군가는 행복 있다

함께 불행하고
같이 행복할 수 있을까

서로 다른 환경, 위치에서
둘 다 힘들 뿐이거늘…

어린 마음 여린 생각에
슬픔과 고통을 아까워하네

모진 땅을 뚫고 나와야 하는데
햇살이 허약하도다

술잔 속 연정

빗방울
비친 모습
슬픔이었고

술잔 속
희미한 얼굴
눈물이…

슬픔, 눈물
채워진 술잔
아픔이었다

신선되었네

술잔 속 신선 웃는다
도리질 하시고
누굴 찾으시나

주변 뉘도 아니 보이는데
출렁이는 잔 속
신선 놀란다

언제 오셨나
서리 내린 백발 그려진 주름
나만 알지 못했네

빈
세
월

소반 위 술잔 홀로 한가롭네

먹구름이 와서 노닐고

잔에는 차가운 달빛 가득하네

백 년도 못사는 인생

수 만 잔 마신들 무엇하리오

부질없이 술통만 비우는구나

내
그
림
자

술 고픈 밤

취한 세상 어디인지 모르나

비틀거리는 그림자 따라오네

손 흔들어 인사하니 안녕 가라 하네

그래 언제 만나 한 잔 하세

겉모습만으로

논리나 합리적 방식이 현실적일 수 있다
낭만과 아트가 비상식적일지 모르지만
바람결 흘러가는 인생
더 무엇을 따지리오

생각이 꺾이고 언어가 꽉 풀리는 찰나
상식이 접히고 논리에 눌리지 않을 때
트랜드 넘어 개성이 빵빵 터진다

쪽빛은 다른 색을 흡수하고
쪽빛만 거부할 때 보이는 남색이다
나의 거부가 남의 눈에는
그것을 전부라고 생각하는 것은
자연의 여유로움과 신비함을 보지 못하는 허당이네

북두칠성　술국자

하나 둘 셋
내 속 작은 점 닦고
연마할때 밝은 별 되어준다
점 점 ' '
별 별 * *
내 안 별자리 만들어진다
나는 그 별 따라 살아간다

어느 날
서서히 자존성酒星 이루어진다

아모르파티 Amor fati

통
하
면

만
사
O
K

파도 뒤 바람을 느끼고

바람과 물의 흐름을 통해

풍류를 이해하고

사람의 숨결에 풍류를 담고

자연 속 세월의 리듬을 깨달음으로

소통하는 방법을 얻었는가

젖어버린 추억

미워서도
싫어서도 아닌
나를 떠나버린 그 마음도
누구는 시작이요
누구는 끝이라도
결국 모으면 다 사랑이다
불어터진 추억만 남아 있나…

젊음으로 시작이라 생각하고
늙음이라 끝이니 포기하고
아쉬운 그 사연을 어찌하리오

술 떨어졌네

사기는 사치스런 마음에 사기 당하고
술은 욕심과 오만이 숙취된다
욕심은 비운다는 착각이 큰 욕심이다

어릴때는 힘으로 맞짱뜨고
어른되면 허술하여 후회하고
할배되니 세월 속에 남은 술이 없네

허기진 배

할배
쪼그라든 배

막걸리 몇 잔
트림이라

남은 반 병
하루 해가 진다

삶의 나이테

나이 덕에 시간을 보고
나이 탓에 속도를 재고
나이 속에 나이를 안다

시간 지나면
나이에 나이가 쌓여 작품이 될까?

무
거
운 술
잔

나이 들어가면
점점… 고집스러워 진다
눈이 어두워지고
귀 안들리고
입 마르고
힘 없고, 문 닫고, 마음 닫고
세상 볼 일 없으니
예전 생각
옛날 방식으로 이해하려 한다

머리 희어지고
허리 굽어지고
힘이 없어지는 늙음이란
내 지식 내 힘으로
상대를 설득하려 들지 말고
어두운 눈, 순한 귀가 주는 여유로움으로
넉넉하게 감싸주는 나이 듦이리라

점점…
무거운 술잔 바라보는 즐거움도 좋으리니

사별한 친구

우정은 술로 쌓이고
추억은 잔에 남기며
의리는 안주로 이룬다

한 잔에는 아픔을 알지 못했네
가슴의 흔적을 보니
술잔은 눈물이 절반이구나

기억이 나지 않는다, 지워진 건 아니고
멀리 있다, 인연 끝난 건 아니며
삶을 달리했다, 가슴 떠난 건 아니다

뜻을 세우나

악독하고 더러운 놈
똥통 속에 멀쩡하고

흰 옷 때 조심하나
추해질까 벗어 버리네

가는 곳마다 험담이요
하는 일마다 헛일이니

가는 길은 처량하고
세상 일은 쓴 맛 뿐이네

빈대 피를 빨고
벼룩 간을 내어 먹어도

견디고 살아 남아 뜻을 세우나
굶주린 배를 어찌 채우리

술잔 속 세상

인생사 시시콜콜 무엇이오

늙음에 슬픔으로 지팡이 간 곳 모르고

잔 속에 담긴 천하만사天下萬事 요동치는데

취한 들 하늘이 무엇이라 하리오

언제오나

곡식빻고 떡을하고
누룩넣고 술을빚네

천만가지 시름일랑
삿갓선생 맡겨두고

걸음거리 비틀비틀
한잔두잔 먹고가세

태산근심 묻어두고
이제가면 언제오나

다음 생의 첫 잔

점점 아련해지는 추억
님 떠난 자리 지키고 있네

쓴 소주 한 잔, 저 혼자 있다
누군가 눈물 담아두고
떠나간 것인가

한 생애 마지막 잔 남기고서…

가슴 떠난 사랑

사랑은 허공에 던져지고
그리움 들녘에 버려두고
하늘 섭다 하는가

어느 욕심 그리하나
못나고 한스럽도다
한 번 가면 그리운 삶

가신 님, 지난 인생
다 무엇이라
허허로운 빈 가슴 어찌하는가

먼저 가네

봄바람도 차고 시리니
작은 창에는 따뜻한 햇살 받기 힘드네
어허라, 내 무엇하고 있는가

흰 백발도 남아 있을 때가 좋으련만
이제는 붙잡을 수 없다 하느냐

향 피우고 술 따르네

허송세월

자식은 잔치하고
부모는 부고이네

웃다우는 세월가니
다음차례 나이리라

하객인사 축복이고
묘비사연 무엇하리

웃는다 아픔없고
슬프다 기쁨없나

저승보다 변화많고
꿈속보다 꿈만같네

한 세상 허송세월
한 많은 미련인생

어머니

하늘 멍든 울분
땅 치 듯 통곡하는데

엄니는 귀 막고 저 하소연 외면하시나요

홀로 된 이 몸
작은 눈물 자국, 강이 되어 흐르는데

그리, 가시렵니까

어머니…

먼 길 가시는 데 술 한 잔 드시고 가이소

용서하소서

메마른 눈시울
타는 가슴 대신하여
하늘이여 통곡하여 주오

계곡 산천 파헤치고
세상 천지 무릎꿇여
용서 하지 마오소서

이 목숨 거두시고
뼈 속에 새기시여
천 만 년 잊지 않게 하소서

이기적 선택
윤회되어 죽음으로 끝나지 않고
하늘 노예 삼으소서

6천 억겁 인연 끊는 마지막
가는 길 작은 은총 베푸시여
한 잔 술 들고가게 하옵소서

홀로 나는 새

하늘 길道이 오솔길도 아니건데
그리 편히 날아가나
지도도 없이

이 산 저 산 같아 보이건만
홀아비 술상 차리 듯
가볍구나

어딜 그리 바삐가는가
독 안 술지게미 가득한데
하늘 길 비틀되도 나무랄 놈 없네

내 눈에는 아니 보이는 길 너는 아는구나
한 잔 술에 솜털 같이 가벼워진 나도
날아간다

6부

고 전

Classic Alcohol

주
상
酒
上

주상酒上 전하

새로 등용한 대신 문안 올립니다
희喜대신, 복福대신, 녹祿대신, 수壽대신

사랑과 기쁨이 부족한 백성에게 희 대신
재물이 넘치고 안정된 삶을 원하는 백성에겐 녹 대신
자녀가 귀한 자들은 복 대신
무병장수를 원하는 자들은 수 대신을 보내시어

날이면 날마다 만취하게 하여
흔들릴 때마다 소원성취하게 하심이
마땅한 줄 아뢰옵니다

주상 전하를 위하여

금샘 金井

만고풍상萬古風霜 깍이고 다듬어져
금정산 하늘 아래 옥잔 되어지니
잔 두고 어디에 가셨는가

남문 산성마을 막걸리 익어가고
북문 범어사 새벽 종소리 편안하니
금정 백성 복福 되도다

만고상청萬古常靑하고 여여與與하니
잔 들지 못하고
쉬지 않는 그 분 덕이로다

금샘: 금정산 금샘
만고상청: 오랜 세월 변함 없이 푸름

온
천
천

집 앞 버려두고 간 쓰레기
복덩이 마냥 어루고 달래 잘 담아
이웃 인심 사납다 하지 말고
빈 손으로 가다 좋은 복 받길 바라네

조용히 흐르는 집 앞 온천천
작은 물고기, 논고동 풀어 놓고
금정산 산행길
인삼, 더덕씨 심어두면

내 산山이요, 내 강江이네
아, 우리나라 따뜻한 나라

고당봉

고당봉枯堂峰 올라 앉아
마르지 않는 금샘金井 옥배玉杯 담아두고
남문 동문 둘러보니
산성山城골 누룩향 좋을씨고
꽃 놓아 셈하며 마셔보세
벗이여, 언제 오려나
한양 길門 구서久瑞에 있구나

고당봉: 부산 금정산 봉우리
금샘: 금정산 금샘
구서: 부산 금정구 구서동

165

부
산
스
럽
다

하늘과 땅 사이 달맞이 고개

남해바다 용궁시市 자갈치 시장

낙동강 깊은 물 구포국수 한 그릇

피로회복 숙취해소 온천장 있네

광안리 해운대 부산스럽다

정
화
수

자식 걱정 대폿술에 안색이 날로 어두워지는데

머리 내려진 흰 서리에 지팡이도 무겁다 하시네

몸 팔고 뼈 간들 무슨 일인들 못하리까

정화수井華水 올려두고 마음 다해 비오니

달토끼 약절구 불로초 선단仙丹 만드네

세상천지 밝은 눈에 오래도록 수복강녕하소서

아들아, 네 홍안紅顏이 더 걱정이구나

심봉사

인당수印塘水 삼백석에도 영감 눈 어두우니

뺑덕어멈 붉고 푸른 세월 따라 놀고 노세

하루 멀고 길다 주안상 받아 들고

세상 물정物情 다 알아 무엇하리

눈치 없는 신세

기둥서방 강쇠 만나 밤마다
잔치 하던 옹녀

심봉사 손금 마사지에
녹아 내린 뺑덕 어멈

천하 미인 춘향 낳아
남원 사또 장모 월매되나

이 놈의 눈치 없는 신세
내 재주가 천박하니

장원급제 웬 말이요
지방 말단 아전도 부럽구나

재주 없고 복 없는 놈
신세 타령 술 한잔에 하루 해가 길구나

춘
향
전

춘향이 오매불망 기다리던 이도령, 암행어사 출두여-
어허라 둥둥, 오호라 좋을씨고. 춘향낭자 이제 살았구나

변사또 수청 거절하고 독수공방 몇 날, 몇 달, 몇 년인가
이도령 한양가서 과거급제한다고
광한루 업치고 뒤치고, 달콤한 밤놀이 잊지 않았으리

어라 일을 우짠다냐, 춘향어미 월매 낌새 한 몫 하는지라
간밤 어사출두가 시원치 않았구나

춘향 왈~ 심봉사 길 물어보듯 요고조고 묻덜 말고
펄떡 달려가서 구운 토마토 선단仙丹 사오시오

내 사랑 어사또 납시오, 진시왕도 일라그라, 의자왕도 일라그라
어하 둥둥 내사랑, 언능 언능 일라그라

어서 벌떡 일라 사오시오~
글 모르는 방자놈 좋은 거는 눈치 삼단
꼭 향단이 보내시오

별주부전

별주부는 어여 가서 토끼 간을 구해오너라
노는 물이 안 좋아 스트레스요
못 볼꼴 자주 보니 눈이 아니 보이고
녹조, 적조, 물고기 줄어들고
세상인심 험악하니 안색도 안 좋고
어제 마신 술 깨지 아니하니 간이 상했는가
여러 걱정에 편히 쉬지 못하는구나

꾀 많은 토끼 간을 먹으면 좋아지려나
내 이러다 제명에 못살겠네
어서 어서 최고로 구해오너라
별주부는 오백년 사는 동안 무엇하였는가
이리도 정보가 어두어서야…
별주부 왈~ 요즘 5D 와이파이 없는 곳은
용궁 뿐이옵니다

용궁 약방록에 꿈틀꿈틀 토실토실
4차 산업 4배 효과 굼벵이가 최고라 하옵니다
그럼, 전복 진주 가득 내어주고 어서 어서 구해오라

용왕님~ 분부 대령이옵나이다

세상천지 영양만점
간 회복에는 굼벵이로 원기 충전 회복하옵소서

오호라, 내 이제 살았구나

지
음 知
音

홀로 앉아 음音 찾고
잔 들어 마시니
잔소리도 이미 내 귀에 거스르지 않고

혼술도 입에 달니
어찌 꼭 지음知音을 기다릴건가
둥근 님 마주하니 마음 절로 한가롭네

지음知音 잃은 백아伯牙 헛 장단에
춤이로다

시선

물水이 불火이 되올 때, 하늘 길道 열리나니
옛 시선께서 달빛 타고 오시네

초대 손님 – 옛시인		주안상 – 메뉴 협찬	
달빛사랑	이태백	뺑덕 어미	빈술잔
방랑시인	김삿갓	춘향 월매	벌떡주
달밤체조	황진이	강쇠 옹녀	질펀주
고려대표	이규보	남원 춘향	사랑가
진홍애인	정 철	대령 숙수	만한전석

시선詩仙 왈曰

이백   달아 달아 밝은 달아

황진   명월이 만공산 할제 쉬어감이 어떠하리

삿갓   오늘 어디 가서 한 잔 하느뇨

백운   이 곳에는 미인의 영혼인 꽃도 있구나

송강   님도 저 달 보고 날 생각하실까

취
향

잔 속 숨은 명월明月

품고 싶은 마음에

거듭되는 입맞춤

벗은 미소 짓노니

취향醉鄕 사라지면 알게 되리라

마음속 그 님

꽃은 봄에 피고
그리운 님은 마음속에 피고
세월은 나이를 슬퍼하나
누가 그 님을 기쁘게 하리오

어둡다 하니 촛불 밝히고
배곯는다 하니 만한전석滿漢全席 차려도
그 님 안색 안절불절
일편단심 그 생각 어찌하리오

달
빛

밤 깊을수록 그대 미소 빛나니

어린 마음 모습에 떠나 갔으련만

홀로 시름하는데 장조금준長照金樽하시뇨

처진 어깨 감싸며 빈 잔이라 말하네

장조금준: 술통이 빛나다

이
태
백

구름타고 달리는 바람
대나무 월계관 쓴 명월明月
창窓 너머 병풍이요
금琴 대신 음악이네

술 항아리 가득 놓아 두고
세월 뒤로 가버린 이백
홀로 잔 잡아 취하니
명월은 내 사랑이구나

흥부 박씨

그 입은 복 주머니인가
말마다 풍년이요 주는 것마다
흥부네 제비 박씨이니

제물박, 건강박, 곡물박,
금은박, 미인박, 술통박
주렁주렁 만통술통

날마다 잔치요
술상마다 풍류로구나

소원만만

근심 첩첩疊疊이요
소원 만만萬萬이라

벗이여
창황망조蒼黃罔措하여
신신부탁申申付託하나
큰 누累가 될까 걱정이구려

내 신세 박복薄福하나
네 진심盡心에 민망憫惘 하구나

아픈 가슴 잔 들고
마음 달래도 시름 더 깊어가네

창황망조: 너무 급하여 어쩔수가 없음

180

먼 님

먼 산에는 볼게 없고
먼 님에는 눈물 알 수 없네
오늘 문제 바위처럼 크고
내일 꿈은 까마득히 먼데
하루 이틀 겪은 세월
그 님 그 놈이 변하리오
세월 속에 쌓여간 불신
말이요. 몸이요
어찌 변하길 기대하리까
말마다 불신이요, 가는 곳 의심이라
한다고 하는 일 서로 갈림길이고
예전 생각 옛 정에
다정다감 기대 없건만 조금이나마
미운 정이 더 하질 않게 하소서

하릴없다

세상사 입 열면 냄새나고

하릴없다 빈 손이고

취하니 내 한 몸도 무겁고 힘들거늘

슬픔은 많고 술 적다 투정하니

술잔도 만취한 놈은 무시하는구나

빈 잔이라 빈 잔인가

빈 잔이라 빈 잔인가
마신 뒤인가 마시기 전인가

채우고 비우는 빈空 사이
진정 술의 뜻心을 알 수 있나

빈 잔과 다투는 것은 취한 것이요
숙성되지 못한 자는 만잔滿盞에 멈춰있네

빈空잔으로 시작하여
빈功잔으로 끝난다

주
향
만
리

그리움 스민 빈 잔

술 없다 시름하리

빈 잔이라 빈 향일까

마른 입술 미소짓네

천
의
지
주
天
意
之
酒

여인은 매화향에 그리워하고
남자는 낙엽에 슬퍼한다

봄의 지음知音
가을의 지감知感
사랑은 물春과 불秋의 하모니

천심은 생성이요
물生長과 불淨化의 하늘 마음
천의는 술에 있으니 그 뜻을 아느뇨

知音: 봄소식, 친구 知感: 풍년, 풍월
天心: 하늘의 마음, 生成: 생겨나다, 春: 봄, 秋: 가을
생장: 나서 자람, 淨化: 깨끗하게 함, 天意: 하늘의 뜻

님을 위한 연서戀書

하늘빛
꽃향기
그리움

잔에 담고
다정히 마주앉네

이제 마르지 않는 잔
만났으니

고개 숙여 인사하며
감사 올리리라

하늘빛: 天意, 꽃향기: 春心, 그리움: 戀情

186

같은 물을 마셔도 젖소는 우유를 만들고, 뱀은 독을 만든다.

술의 독(毒)됨을 모르는 자는 술의 약(藥)됨을 깨닫지 못하므로 같은 술을 마시더라도 생의 활력소가 되게 하는 사람이 있는가 하면, 술로 인하여 폐인이 되는 사람도 있다.

언제나 술이란 많이 마실수록 변화가 많고 즐거움도 많지만 평상심을 잃게 되어 다투고 아픔이 생긴다. 이렇게 술의 폐해를 알면서 술의 깊은 뜻에 무관심하다.

술이 가진 베푸는 덕은 좌절에서 일으키는 힘을 갖게 하고, 새로운 변화를 알게 하며, 서로 소통하여 평화롭게 살아가게 하는 뜻이 있다.

삶을 대하는 자세에서 진정성과 사랑하는 마음에 따라 술은 정갈하고 귀한 음식으로서 서로에게 공경과 섬기는 마음을 갖게 해준다.

술은 삶의 윤활제로써 하늘의 뜻을 받아들여 서로 정을 나누고 사랑하며 용서하고, 희망과 용기를 갖고 자신감을 회복하게 하는 대단한 능력이 있다.

취한 마음에서 하늘의 정을 알 수 있고 정과 뜻을 앎으로 세상 살아가는 길에 사랑을 베풀어 함께 사는 사람에게 기쁨을 전해준다. 술로써 서로의 마음을 알고 세상의 이치를 아는 것이니 삶이 풍요롭게 된다.

그러나 세상에서 가장 어려운 것이 술 마시는 것이 아닐까? 적게 마시면 흥이 나지 않고 절제하면 술자리가 싱겁다. 술을 마심에 있어 그 즐거움만 알고 술의 덕을 모르면 취기를 절제하지 못하고, 또한 그 주도(酒道)에만 얽매어 지나치게 억제하면 아름다운 주선으로 술에서 스며 나오는 영혼의 멜로디를 즐기기 어렵다.

알코올 테라피스트에서는 사랑, 이별, 청춘, 인생, 아픔의 삶을 술과 다투는 것이 아니라 공경하고 섬김 마음으로 함께 마실 때 성장하고 변화된 나를 만나길 기대한다.

살아 요동치는 술을 잔에 담고 흔들리는 술잔을 받쳐주는 잔 받침에 의미가 있다.

술의 생성의 마음을 담고 그 뜻을 섬기는 그릇이 술잔이라 생각하며 술잔을 받치는 쟁반이 있는 것은 배가 엎어지듯 술에 빠져 흔들릴 것을 경계한 것이다. 술잔은 하늘의 뜻을 받들어 함께 나누고 서로 존중하는 귀한 그릇인 것이다.

술은 하늘(天)이요, 잔은 땅(地)이다. 잔은 술을 담기 위해 존재하지만, 잔에 담겨 있을 때 술은 술로써의 의미가 완성되며 그 의미에서 술과 잔은 하나가 되고 천지가 하나가 된다. 술과 잔을 이해하면서 술을 마신다면 땅에 사는 우리도 하늘과 하나가 되는 순간을 맞이할 수 있으리라. 하늘은 죽어서 가는 곳이 아니라, 우리의 삶에 마시는 한 잔의 술에 우리와 하나가 된다.

술과 잔의 사연과 사랑을 만나서 즐겁고 풍요로운 삶을 만들며 오늘도 술과 함께 멋진 인생을 즐기시리라고 권한다.

2019년 봄

김 성 윤

알코올 로드

1. 주객의 알코올 연서

그리움으로 핀 꽃 / 8

어릴 적 솜씨 / 9

주님 은혜로 / 10

물과 불, 수불 / 11

불타는 목 넘김 / 12

입안의 불꽃 / 13

호프 / 14

거품의 질투 / 15

맑은 청주 / 16

빨간 루머 / 17

주말酒末 / 18

색 너머 빛 / 19

상상 그 너머 / 20

빈 잔도 그림 / 21

술병의 비밀 / 22

술의 품격 / 23

알코올 러빙 유 / 24

피어난 술향 / 25

술은 느낌 / 26

오케스트라 연주 / 27

익어가는 술 향기 / 28

누룩선생의 주례 / 29

잔 속의 시름 / 30

신身의 눈물 / 31

내일의 태양 / 32

술酒의 뜻 / 33

하늘의 이치 / 34

술은 잔으로 요리한다 / 35

태극 / 36

술은 국악이다 / 37

2. 술잔은 알코올 드레스

술잔 / 40

그려 보면 잔 / 41

님 품에 안기 듯 / 42

가버린 꿈 / 43

꿈을 이루다 / 44

여운의 떨림 / 45

답답한 내 모습 / 46

낙원은 주점뿐 / 47

술 솜씨 / 48

애타는 눈빛 / 49

애끓는 사연 / 50

비밀 회담 / 51

여의주 / 52

고독의 숙성 / 53

술잔 속 내 모습 / 54

버릴 수 없는 너 / 55

내 안의 그녀 / 56

둥근잔 / 57

오늘은 주일酒日 / 58

찾아 온 나비 / 59

눈물잔 / 60

은구술 / 61

알코올 부족 / 62

깨달음 / 63

그리움 / 64

빈 향기 / 65

홀로서기 / 66

불통 물통 소통 / 67

3.청춘 주소록

4. 연정 알코올 테라피

전화하세 .. 요 / 96

줄리의 법칙 / 97

꽃 청춘 허기 / 98

마주 앉은 벗 / 99

별 하나의 추억 / 100

감추어 둔 연정 / 101

빈대떡 신사 / 102

남자의 설음 / 103

그때 그 향기 / 104

재회春 / 105

벗 없는 잔 / 106

메마른 술잔 / 107

무엇하리 / 108

술 항아리 / 109

F분의 1 진동 / 110

내용의 그릇 / 111

사계절 안주 / 112

한 잔 시크릿 / 113

술 다리미 / 114

잊지 못하네 / 115

단 한번 오해 / 116

선악과 십자가 / 117

갈등에서 갈증 / 118

마시지 못하네 / 119

가련한 세월 / 120

구멍 난 사연 / 121

봄 비 / 122

다시 오는 봄소식 / 123

가버린 꽃청춘 / 124

꿈 속의 꿈 / 125

청춘은 셀프 / 126

5. 인생 취향록

젊어서 노세 / 130
잔 속 깊은 뜻 / 131
상처 소독 / 132
숙취 변명 / 133
주량 블랙박스 / 134
내 취함을 모르게 하라 / 135
생각 차이에서 / 136
술잔 속 연정 / 137
신선되었네 / 138
빈 세월 / 139
내 그림자 / 140
겉모습 만으로 / 141
북두칠성 술국자 / 142
통하면 만사 OK / 143
젖어버린 추억 / 144
술 떨어졌네 / 145
허기진 배 / 146
삶의 나이테 / 147
무거운 술잔 / 148
사별한 친구 / 149
뜻을 세우나 / 150
술잔 속 세상 / 151
언제 오나 / 152
다음 생의 첫 잔 / 153
가슴 떠난 사랑 / 154
먼저 가네 / 155
허송 세월 / 156
어머니 / 157
용서하소서 / 158
홀로 나는 새 / 159

6. 고전

주상酒上 / 162
금샘金井 / 163
온천천 / 164
고당봉 / 165
부산스럽다 / 166
정화수 / 167
심봉사 / 168
눈치 없는 신세 / 169
춘향전 / 170
별주부전 / 171
지음知音 / 173
시선 / 174
취향 / 175
마음속 그 님 / 176
달빛 / 177
이태백 / 178
흥부 박씨 / 179
소원만만 / 180
먼 님 / 181
하릴없다 / 182
빈 잔이라 빈 잔인가 / 183
주향만리 / 184
천의지주 天意之酒 / 185
님을 위한 연서 戀書 / 186

알코올 테라피 / 189
알코올 로드 / 185

알코올 테라피스트

| 1판 1쇄 발행 | | 2019년 5월 9일 |

| 글·사진 | | 김성윤 |

펴낸이		고봉석
편집자		윤희경
펴낸곳		이서원

주소		경기도 성남시 분당구 중앙공원로20길 428-2503
전화		02-3444-9522
팩스		02-6499-1025
전자우편		books2030@naver.com
출판등록		2006년 6월 2일 제2019-000009호

| ISBN | | 979-11-89174-16-3 |

이 도서의 국립중앙도서관 출판예정도서목록(CIP)은 서지정보유통지원시스템 홈페이지(http://seoji.nl.go.kr)와
국가자료공동목록시스템(http://www.nl.go.kr/kolisnet)에서 이용하실 수 있습니다. (CIP제어번호: CIP2019016063)